바람꽃 피는 언덕

곽기용 시집

시음사
시사랑음악사랑

본문
시낭송
감상하기

QR코드 스마트폰으로 QR 코드를 스캔하면
시낭송을 감상할 수 있습니다

  제목 : 고희(古稀)의 연민
시낭송 : 최명자

  제목 : 빨래
시낭송 : 조한직

영상은 YouTube 정책 또는 운영 관리에 따라 삭제될 수도 있습니다.

시인은 자연을 이야기하고 시낭송가는 자연을 품었다
글자는 날개를 달아 언어로 날고 소리는 자연에 눕는다

시집 "바람꽃 피는 언덕"을 펴내며

청춘의 하루를 열어가던 설렘은 어느새 일흔이 넘는 노을빛에 물들어서 그림자 하나둘 주워 담아 언제나 덤 살이 하는 가슴과 허물 벗는 마음으로 정성껏 이음 하여 시집 "바람꽃 피는 언덕"을 펴냅니다.

모르는 듯 아는 듯 머물다 가는 하룻길
두렵고 힘들어 포기하고 싶을 때는 삶 자락 중 하루를 긍정과 희망의 시선으로 감사하는 조건들만 되새김하면서 스스로와 호흡하다 보면 비로소 보이는 여유는 따뜻한 사랑의 불씨를 지펴 좌절의 시련도 행운의 기회로 그물망 펴는 어부의 설렘으로 바뀌는 긍정의 힘을 믿게 합니다.

망설이다 주저앉아 버린 빈자리를 채우려는 용기로 지피고 추억 속에 묶어둔 어제와 함께하는 지금을 감사하면서 내일을 사랑하고픈 삶 앓이 모음 글이 한 가닥 빛과 소금이 될 수 있다면 다시없는 영광이고 바람입니다.

끝으로 시집 "바람꽃 피는 언덕" 발간에 물심양면의 도움을 주신 (사)창작문학예술인협의회/대한문인협회 김락호 이사장님을 비롯한 관계자분들과 하룻길을 사랑하고파 소박한 행복의 손 펼치려는 님들의 희망 손길에 감사와 축복을 기원합니다.

2023년 가을
곽기용 인사 올립니다

* 목차

* 목차

신통 방통이와의 첫 만남

삼천삼백 날 기다림이
꿈을 머금고 꼼틀꼼틀
사랑 품에서 삼백 날을 기다릴 수 없었나 보다
신통 방통 꿈별이 낮별로 태어난 그날이 오늘이다

정성어린 구름옷 입은 쌍둥별이
쌍무지개 탄 첫 만남은
손끝에 전율이 온몸으로 전해져
희열의 기쁨으로
떨림과 설렘으로 하늘인 듯
나도 모르게 두 손 들어 마중했다

오랜 기다림 끝에 열린 하늘 문은
생명의 빛과 물이 되어
서있는 자리마저 흔들흔들
첫 울음소리가 큰 웃음 큰 영광이었다

기뻐하며 기억하리
이천 십구 년 구월 육일
신통이 방통이 구름날개 달은 날
하늘 문 열린 선물로 빛 길을 걷는 날
할아비 된 날이다

튼튼하고 건강하게만 자라길
두 손 모은다

짝사랑 꿈나래

푸르름 넘실대는 들녘
파란 하늘 휘젓는 노고지리 부러워
어설픈 손길로 잡아보려는
짝사랑 꿈 나래

꿈 그린 몸부림은
용오름을 타고 회오리치다가
정성 모자란 날갯짓만 한껏 하며
나르샤 짝사랑으로 뜨겁게 달군 땀 내음은
하룻길이 버거운 듯

노고지리 휘돌던
아지랑이 짙은 노을빛 개여울에
나르샤 깃털 여민다

새벽의 축복

하얀 밤과 눈씨름 하다가
부릅뜬 눈에도 눈곱은 끼고
하늘 창밖 어둠의 신은
햇살에 찌들어 여울만 넘나드는 새벽

비빈 눈으로 설렌 임을 보고
두 다리 딛고 설 디딤 자리가
기다림을 맞는다

깨어 있는 의지만으로도 기특하고
푸르름만으로 좋다

지금 나이를 사랑하고
나눔을 함께할 수 있음이
마냥 더 많이 고개 숙어지고
감사하고 또 감사하다

바람꽃 편지

석양빛 그늘에 가려
못내 저 강을 건너려고
잡은 손을 펴라 한다

한 번뿐인 나들이에
간절하게 그리다 만 수채화 붓칠이
안타까움과 아쉬움만으로
애간장 태운 노을빛에 물들어
지워지지 않기를 기도한다

소박한 꿈으로 소복이 쌓은 바람꽃
지르밟은 이파리가 마르지 않을세라
훌쩍 커진 사랑 이음새로 날개 달고
못다 그린 바람의 흔적들
그림자라도 살펴 주기를 ....

솟대 바람

무지개 꿈 여문 이파리 속살 비비며
잠들지 못한 기억들 되살아나
풋내음으로 들이고픈 바램

풀매긴 옷깃에 스민 바람 소리
어설픈 청춘의 숨 가쁜 풋사랑으로
오롯이 간직한 채
오랜 기다림 엮어진 설렘을
솟대로 옮기고

살아온 세월만큼이나
꺾어진 모자람 흔적 있지만
한 올 한 알씩 되새김하며
파란 날갯짓을 품는다

노을빛 바람

힘들다고 생각하면
불행하다고 생각하면
그만큼 작아지고
가슴으로 담는 긍정의 행복도
초라한 누더기를 걸칩니다

때로는 가던 길에 지쳐서
아파하며 멈춰서기도 하겠지만
절대 물러서지 않는 의지로
걸음마를 떼어 놓을 수 있는 용기가
빛과 소금같이 내일로 이어지리라는 바람 속

얼룩진 세월을 사노라니
만남을 기약하는
그립다, 보고 싶다, 사랑한다는 말
누가 될까 두려워
차마 당신을 향한 기도뿐입니다
오늘도 편히 잘 지내시기를!

바람 불면

설렘으로 기다리는 바람 불면
짐짓 깃 날개에 고이 접어 둔
못내 아쉬운 사랑
파릇한 이파리 다발로 한껏
별밤 향기에 묶어 두렵니다

혹여 오다가 멈춘 늦바람 불면
날개 잃은 풀벌레 소리 한껏
산허리에 새겨서
내가 살아 있음을 메아리로 남기렵니다

숨비소리로 파란 바람 손잡으면
말라버린 눈물비로
그토록 사랑한 푸르른 바람개비
돌고 도는 좋은 날 아침
신바람 따라 훨훨 날렵니다

고희(古稀)의 연민

추억의 그림자
석양빛에 물든 희나리
모닥불 지피고 불러온
꿈도 사랑도 미움도
끝내 아픔까지 그리워서
새록새록 그림자 밟는다

머물던 그 자리로 발가벗겨진 채
더듬이 손길 길게 펼쳐도
아스라이 멀어져 가던 청춘은
헛바람 들어 바스락거릴 뿐
외로운 황혼빛 허리를 감는다

젊음의 가장자리에 핀 바람꽃
다시 한번을 기약할 수 없어
빛바랜 낙엽 되어 떨군 빈자리가
조금은 덜 시리도록 담금질하며
굽이굽이 구멍 난 자리를
애꿎은 세월 탓하며 달래 본다

제목 : 고희(古稀)의 연민
시낭송 : 최명자
스마트폰으로 QR 코드를 스캔하면
시낭송을 감상할 수 있습니다

16

하얀 찔레꽃

하얀 밤
또 하나의 별이 되기를
반딧불처럼 스스로 빛나주기를
설렘으로 담뿍 담아낸 기도

아끼고 키우고 보듬어
주고 또 주고도 애태우던 마음
더 주지 못해 한 맺힌 가시가 되어
못내 뜨거운 아픔으로 남아
뼈 시린 눈물샘 터진다

지나침도 못다 함인 양
무조건 나누던 옹달샘 사랑마저
오롯이 멍에의 고해로 짊어지려는 엄니

고운 꿈 키운 사랑 언덕에
자취 없는 이슬 됨이 서러워 흘린
엄니 피 눈물자국마다
하얀 찔네꽃으로 피어난다

바람꽃 2

기다리고 기다리며
꽃을 피워 하늘만 바라봅니다

기다림은 설렘으로 가득
바람꽃을 피우려
천 번을 울먹이는 아픔도
마다치 않았습니다

잊히지 않을 만큼 천천히
내게 오실 날만 기다리고 기다려
이제 만남의 시간입니다

천만번의 고개를 접고 넘어
지금을 마주하니
나만의 기다림 꽃이 아닌
모두의 꽃이 되고 싶습니다

바람꽃은 못내
기다리고 또 기다리는
나만의 설렘이었나 봅니다

꽃길이라 여기소서

지금도 함께함을 감사하면서
삶의 길목 고비마다
징검다리가 되어 주리다

살아가면서 앙금이 덧나지 않도록
굽이굽이마다 바람인 듯 머물다
헌신짝이 되어도
해갈하듯 단비를 주리다

찰랑찰랑 넘나드는
신바람 타고 춤추는 하늘 연처럼
보듬은 꽃잎 지르밟아
등불 밝힌 바램일세라
설레임 간절한 고초와 고행도
꽃길이라 생각하리다

여름날 스케치

산허리 끝자락에 구름옷 걸치고
열목어 노닐며 살찌우는
삼십여 리 길 굽이굽이마다
얼음 창고 한 시절을 품었음일까보다

인적 드문 깊은 골짜기에 바람꽃 여미고
구룡령 숨결 따라 모난 돌 구르고 굴리며
시절 인연들과 무더위잡기 숨바꼭질로
땀 내음 저민 을수골

송사리 입질하듯
간지럽게 파고드는 가을 맛에 머물러
한가로이 불볕더위 삼켜버린
물비늘 반짝임에 취해
멍때림은 자리 잡고

끊임없는 여울목 들락임 소리
졸졸졸 속삭임 따라
세월의 틈바구니를 휘젓고 싶었던
노을 바람 한 자락 주워 봅니다

해안선

찰랑찰랑 들락이며
줄듯 말듯 한 애틋함이
반짝이는 물비늘 사랑을 키웠고

철썩철썩 요동치는 밤바다
설렘으로 수평선 넘어 꿈을 담던 흔적 따라
갈기갈기 찢기는 큰 파도로
행복 앓이 밀당 하며 외줄 곡예를 한다

하얀 포말이 되어 흩날리는
뭍과 물에 불협화음 볼멘소리가
촘촘히 수놓은 사연들과
비벼대는 삶의 선을 이으며
조금 나은 자리와 숨바꼭질 한다
해묵은 숙제처럼

나는 너만 본다 (부제 : 행복 손)

나는 철부지 삼식이고 싶다
아침에 눈을 뜨면 너부터 찾는다

다시금 이슬로 한 모금
곱게 핀 바람꽃 피우던 신바람도
한 모금씩 너와 마주한다

아스라이 고개 숙인 하얀 밤도
너만 보이고
추억 하늘일 때나 내일 하늘일 때나
오직 너만을 본다

아픔의 상처까지 사랑하고파
너를 향하고
석양빛에 물든 쪽빛 그림자도
행복 손잡고 건너고 싶다

땀

고해의 젖줄인 양 움켜쥐고픈 아침이
어두운 터널 끝자락에서
고생 끝 행복 시작인 듯
오늘을 손짓한다

하얀 밤을 헤엄치다
밤바다에 묻혀버린 별똥별처럼
땀 내음 흠뻑 태운 자취마저
메마른 이슬 되어 훔쳐 간다

사랑받는 땀방울로
지금을 함께 할 수 있는 용기는
설렘의 내일을 기다리며
무지개를 보듬고 있음이다

어제가 봄날

닻 없는 열정으로
잡힐 듯 잡히지 않는 꿈을 좇아
빛바랜 길을 달려온 청춘

짙게 드리운 아지랑이 언덕에 올라
꽃으로 장식한 그날에 갇혀서
꽃바람 무지개 머문 설렘으로
밤샘 날갯짓하며 기다리는 봄날

마음 사다리는
뭉게구름처럼 하늘을 휘젓고 있을 뿐
어제와 오늘이 다름을 일깨워
좋았던 하루를 그린다

윤슬

반딧불 꽃피는 그날이 그리워
꿈 그린 날들과의 힘겨루기 시련 속
기다리고 기다리다
안타까움만 머금고 가는 길
외로움의 바람일세라

한시름은 설렘으로
반짝이는 물비늘 추임새 따라
수줍은 듯 잠시 내민 속살이
하얗게 타들어 간 아픔 자국들

석양빛 좋은 날
고이 접어둔 봄날 끄집어내고
조심스레 빛나고픈
눈물방울 한데 모아
마른 꽃 잎새에 이슬로 맺는다

새벽 기도

외로움과 더불어
한층 더 무거워진 짐을 덜고 싶다

품 안을 파고드는 칼바람에도
별빛 가득한 따스함 담뿍 담아
새벽을 노래하는 붉은 햇살을
닮아 내고픈 마음으로

마른 잎새 밀알 키우듯
주어진 날들이 한낱 이슬 되어도
지난밤 잊고 봄날을 살고 싶다

겨울 길

소담스러운 봄여름 조용히 다독이며
오색 소란스러운 가을빛
소복이 잠재워 텅 빈 겨울 길
희망 틔운 마법의 길 걷는다

희나리 흔적 하얗게 덮고
쏟아지듯 반짝이는 상고대에 태워
서릿발 들이밀고 치받는 응석 달래고

문득 어린 시절 창에 비친
함박 눈송이로 채운 떡가루
행복 담아 살포시 밟고픈 정든 길

겨울 안개

겨울 안개 하얗게 내려앉은
빛바랜 낙엽 살얼음 밟는 소리로
낙엽 떨군 휑한 빈자리 보듬는
눈사람 기다림의 발걸음

꿈꾸던 얼굴 눈물 마른자리
숱한 안개비로 쏟아내는 연민의 숨결로
오롯이 하얀 눈송이 뿜어내는
겨울비에 묶어 두고픈 바람 저미고

발가벗겨진 나무숲 사이
짙은 안개 앞세운 찬 서리가
기다림마저 버거운 듯
눈 오는 길목을 막아선다

초겨울 빛에

지치고 힘들어
쓸쓸함이 던지는 부질없는 허망함을
토닥이며 보듬는 날

님을 떠나보낸 황량한 빈자리에
만 가지 복을 정성껏 머금은
노을빛 물든 온기로
차분히 다가서서

무엇을 얻으려 함일지
언제를 보아야 하는지
초겨울 빛 넘실대는 너울에
고달픔을 잠재우려 한 땀씩 띄운다

가을빛

가을빛은
하얀 밤을 쌓은 바람
봄맞이 수채화에 옮겨 놓은
폭풍의 몸부림 씨알 품는다

눈물마른 자리일수록
짙은 모자이크 매듭으로
높아지는 햇살만큼 눈부시게
오색 이파리 속살 비비며
불꽃 시한폭탄 터트린다

나
언제나처럼
멋쩍게 머물렀던 얼굴들
숨김없이 담아낸다

치매로 꾸는 꿈

그대를 위한 나의 마음은
비 갠 무지개 설렘으로
희나리와 함께 아우성치며
별밤의 아픔 떨치고 상처 비우는
봄날을 함께하고

과욕에 취해 한 발짝 멋쩍게
두 팔 한껏 거친 몸부림도
신바람에 흔적으로 고이 접어
지치고 아픈 자리 뜨겁게 보듬어
한겨울을 사랑한 추억으로

아옹다옹하며 하나가 되어가는
추억 담아낸 사랑 불꽃이
꺼지지 않는 등불은
서로를 보듬는 따스한 보루로
고해의 길잡이로

더딘 시간 속 그대와 그린 그림
하늘에 새겨 기억하고파
오선지 위에 머무른 발자취를
하얗게 씻어 내려 함입니다

그림자

짙은 매듭으로 아프지 않으리
미워하지도 않으리다
사랑하기에도
뒤돌아보기조차 버거운
석양 드리운 흔적들

뜨거운 젊음으로
좋은 추억만 간직하고파
처음 때처럼 하얗게 불태운
미움도 사랑이었음을
굵은 땀방울로 여미고

사랑 그림자 지르밟아
남남이 되어도
사랑으로 사람이 되었으니
사랑을 사랑으로
갈피 속 깃든 아쉬움 덮고 가리다

별밤

낮에 나온 반달은
밤사이 안녕을 속삭이고
아침의 여운을 담금질한다

별밤을 수놓은 별꽃들
밤 노을 깊어지는 춤 너울에
꿈 그린 하얀 밤이
찬 이슬로 벗겨지는 샛별이 미웠다

바램과의 이별인 양
피눈물로 물든 동쪽 하늘은 언제나
이유 있는 부침(浮沈)과 씨름하다
검붉은 피를 토한다
별이 빛나는 밤이 그립다

동행

내일을 사랑하는 그대와
모자람을 보듬는 따스함으로
바람꽃 피운 기쁨을
함께 여미고 파

꿈 그린 몸부림에
바람결 따라 피고 지는 아픔까지
온전한 사랑으로 다져 온
여명의 마중물로

우리는 지금도
기다림의 미래를 열어 준
좋은 아침을
설렘과 다투는 중입니다

유월의 함성

구국의 붉은 피로 심장이 뛰고
붉은 악마의 호령이 천지를 깨우면
제 몸 태워 촛불 밝힌 광장 물결이
희망을 찬양하듯

유월의 함성은
진주 이슬처럼 반짝이는
꺼지지 않는 등불
너른 바다를 향한 설렘으로 요동치는
기대 속 번뇌가 흐르는
삶의 몸부림

불가마 속에서 도자기를 굽듯
그대와 다름을 가슴으로 녹여 낸
속살 비비며 하늘과 맞닿아
어둠을 가르는 뜨거운 함성은
새벽 노을빛에 내일을 살고 있음을
함께하는 약속입니다

아이야

정말 사랑하는 아이야
어제를 못 잊어 배앓이로 남으니
꿈 나래 활짝 핀 황금빛
술래잡기 놀이하며 실컷 속풀이나 하자

진정 너와 마주하기를
꿈속에서라도 보채고 졸라서
그대로가 그냥 좋아서
물안개 아지랑이 굽이굽이길
이리 저리로 바람꽃 피우던 신바람 이대로

뭉게구름과 함께
파란 하늘에 무지개를 띄운 어제가
지금인 것처럼
쿵당쿵당 널뛰게 하는 아이야
너무나 보고 싶다

오월의 향기

겨우내
내일을 잊고 살았습니다

휘파람에 넘어진
그날의 디딤 자리 흔적들
말끔히 지우소서

지금을
지키고 버틸 수 있는 용기는
고운 빛 향기 빛바랜 순간들
달팽이 껍질 되어 벗겨진 채

노을에 물든
오월의 꿈 향기가
오늘의 몫으로 살아 있음을
감사하고픈 까닭입니다

옹달샘

골짜기 벼랑 살이 삶의 무게가
물의 요정 끌어모아 반짝이며
목마른 입술 젖히는
푸르름의 끊임없는 애환이다

사랑한다며 미워하고
뒤돌아서서 아플지라도
마르지 않는 만남을 이어 주고
그대 그리는 달달한 설렘으로
기다림의 미소를 간직한 채

갈팡질팡 숲속을 머물러
생글 싱긋 생명수 건네려는 듯
이슬 방울방울 고이고이 쌓아
긴 밤의 소리 담아낸다

쉼 자리

상처 난 가지 위에
꽃을 피우려는 바램 보듬어
하얗게 애태운 새벽이슬로
등불 하나 밝힌다

바람에 찌든
가녀린 초록빛 혈관을 타고
가쁜 숨 쉬는 윤슬은
하얀 밤길 하늘 눈물 머금어
긴 밤을 노래하는 아침 햇살에
꿈을 수놓으려는 듯하다

못내 쉼 있어 좋은 마디마디에
옮겨지는 숱한 꽃눈
봄소식 보듬던 눈꽃 마주하며
꽃노을에 잠든다

끈

낳으시고 기르신 명줄이
어느새 민들레 꽃씨 되어 훨훨
내 곁을 떠나렵니다

모실 준비가 안 된
아직도 어른스럽지 못한 나와
자꾸 자리바꿈하자 성화를 부립니다

낯설어 어눌한 철부지를
아침을 기다리는 설렘으로
디딤돌 비친 여명의 동아줄이
세파의 방파제가
오히려 등 뒤로 숨어 딴청만 합니다

굵은 땀 내음 사랑마저
앙상한 등거지로 되돌이 하는 숨 가쁜 여정을
짐짓 돌봄의 짐이 될세라
바람 앞에 꽃잎일세라
초점 잃은 가여운 이음새로 나르샤
연신 고맙다 고개를 떨구며
아프게 슬프게 메말라가는 끈입니다

휠체어에 앉힌 채
꽃피는 봄날을 기약하자며
누울 자리 찾아 마주 잡은 손을
못내 놓을 수밖에 없는 매듭
시리도록 파고드는 끈 떨어진 자리를
빙산의 사랑 간직한 윤슬이
속살로 잇습니다

* 나르샤 : 날아오르다
* 등거지 : 그루터기, 땔감용 나무

바람꽃

추워져도
푸르름이 시들지 않는 솔잎은
갈색 잎으로 수북이 쌓아 둔
바람이 한결같음일까보다

솔잎 사랑이 유혹한 듯
푸르름 곁에 두고
하나이기보다 둘이기를
둘보다 셋이고픈
무지개 청춘 꽃 나래

땅거미 내려앉은 뒤척임과
하얀 밤을 헤매고 나서야
푸르름 바람 하나
솔방울 이슬에 담아
바람꽃 여민다

일곱 색깔 이슬

캄캄한 새벽
빈 마당을 서성이며
별밤 기다림을 솎는다

머리맡에 하얀 꿈 날갯짓
꽃봉오리 속에 숨겨진 봄 이파리
새록새록 피어나는 잊힌 얼굴들
여명 빛에 호흡하려는 듯
한 땀 한 땀 꿈 트림을 한다

맨손 맨발로 벗겨지는 나잇살이
바짝 마른 희나리로 다가서며
창문으로 스미는 별빛 여운을
담금질하는 내면의 한기로
하얀 밤 수놓은 일곱 색깔이
풀잎 이슬 되어 맺는다

여명(黎明)

미리내 샛별 머금은
여명의 눈빛이 어둠을 삼키며
선뜻 나를 불러 세우고
하늘과 땅을 가른다

빛 고임 이어가는 새벽노을
검붉은 고해의 함성은
진주 이슬 반짝임 머금어
신비로운 설레임 얻고
장엄한 외침은
거듭나기 다짐을 번뜩이며
벼랑 살이 노송에 깃든
삶의 울림이 나래를 편다

먼동 무대에 오른다
담금질한 어둠의 반석 위에
지금의 순간을 열어준
진정한 아침의 무게가 뜨겁게 전해져
감사히 두 손 모으게 한다

바람의 결

빛이 있어 좋은 날
자연스레 존재 이유를 알았고
천연의 빛깔로 마음을 위로하며
모닥불 피워 훨훨 날고픈 새날

나눔의 마무리로 훌쩍
새 아침을 열어 준
겸허한 빛 고임 마법에 취해
당연한 듯 움켜쥔 과욕으로
피눈물 부른 뭍바람 떨구려는
훌훌 깃털 세운 날갯짓 파닥파닥한다

되새김 눈이 있어 보이는 모두가
자연스러운 그대로는
애초부터 하늘의 것일 뿐
손으로 보이는 자취는
여울목에 잠시 머물렀던
바람의 결인 것을....

굴레

살고파 했기에
어설픈 청춘 뺏어서 삶을 찾았고
언제나 이유 있는 세월과 타협하며
윤슬의 반짝임 꿈을 꾼다

처음을 살다가 보니
어쩔 수 없이
어제가 그린 오늘을 지키고
내일을 향해 슬며시 그림자도 밟는다
지금 살아 있음을 핑계로

풋내 나는 희나리
청춘의 아픔을 되씹어 보니
봄날에 비바람 고빗길마다
애간장 태운 가시넝쿨 상처를
이 나이 돼서야 비로소
자연스레 발가벗는 빈손임을 헤아린다

낙서

마음 손으로 온전한
우여곡절이 아스라이 고인 물
민낯으로 훔쳐보는
바람의 발자취

세월을 닫아 버린
조각난 거울과 마주하며
어지러운 햇가지들 솎아
발가벗겨 옮기고
만약을 기약하는 설렘 간직한
윤슬 자국들

애간장 태운 희나리로
바람 소리 그린 흔적일는지
숨죽이고 들추던 숨결이
오롯이 꿈속을 더듬는다

아! 이 가을

그대 사랑한 숱한 날들을
목 놓아 슬퍼하기가
너무나 버겁고 아프다

그대의 가면이 벗겨질 때
그대를 미워하며
숙명인 듯 시절의 아름다움 시들어
배반의 가시로 가슴을 할퀸다

살아 숨 쉬는 옛사랑은
낙엽 비 달빛에 젖은 희나리 되어
떨어지는 빗방울처럼 흩뿌려진다

화려한 슬픔
머리채 잡고 뒹구는 고엽 되어
가엾이 멍에로 얻은 면류관처럼
베일 속 계절이 한 걸음씩
어제를 속이라 한다

갯바위 나래

새날을 위해 어둠 속에서
빛이 되어준 밀알의 존재를
기억하려는 듯
비나리 흩어질세라
가슴앓이 사랑앓이로
많은 날을 그리워했겠지

자그마한 설렘
빛바랜 이음새 붙잡고
무모한 용기와 열정으로
숱하게 아프기도 했겠지

비나리 날갯짓 웃음
오롯이 다가와
아스라이 피어나는
갯바위 물보라 넋이
하나둘 맨살을 내민다

하얗게 부서지는 바람 소리
수평 창에 접고 또 접어둔 채
꿈 나래 기지개
다시금 철썩철썩
희나리 손짓들 쓸어 모은다

보름달

추석 명절 저 달은
한 백 년 환한 그대로
황금물결 풍요의 바램
한껏 담아냅니다

그날처럼 달빛에 스며들어
도톰하고 달콤한 곶감
입으로 건네주던 애틋한 사랑
가슴 시리게 전해지는
그리운 그림자

살아생전 환히 보듬던
너른 할머니 무릎에
괜한 투정 실컷 하고 싶습니다

마법의 빛

가을빛이 스민다
한 칸 방 책꽂이에
차곡차곡

소금, 책, 냉장고, 베개
어느 것 하나
쉽지 않은 삶의 결실들

굵은 땀방울의 기다림
빛 고임 마법에 따라
한껏 설렘 걸친 걸음이
가슴의 색칠로 오색 빛 머금는다

아!
비로소 가을이다

솟대 바람 가을빛

멋지게 살기 위해
숱한 날을 헤아려 본
꿈 풀이 시간

신바람 함께
바램의 영광 녹여 낸
밀알로 곰삭은 바람몰이 하나
소금으로의 삶을
굽은 허리에 새기려는 듯

솟대 바램 꽃망울
알알이 토해 낸 삶 앓이 여울목에
곤히 머금은 솟대 바람이
가을빛 저민다

가을 사랑

찌는 듯 답답한 더위가 몸을 눕히고
코로나 창궐이 가슴을 가둔
늦여름 건너뛰고
어서 가을이고 싶다

구월의 문턱
쓰르라미 바삐 우는 가을 서곡
먼동 트는 새벽을 선뜻 맞이해
코끝 스치는 산뜻한 내음에
정겨운 연인 품 그린다

후미진 코스모스 한 송이
남실남실 춤사위
가을 사랑 몸짓에
옛사랑 추억이 한결 가까이
가을빛에 머문다

아!
가을아
언제라도 반갑다

알람 시계

물안개 자욱한 새벽을
탈출하고픈 맘을
새로운 담장 안에 가두고
찰칵 철컥
쉬지도 않고 가까이
전해지는 약속 시간

누구에게나 죽음은
두려움으로 다가오는
삶에 대가인 듯
오롯이
내민 길을 아프지 않게 함이
삶이 주어진 지금을
숨 가쁘게 한다

아름다운 이별을 준비하는 오늘이
돌아오지 않는 강물 되어
꿈꾸는 가장 젊은 날의
가장자리에 서 있다
사랑이 머문 울림소리
한층 크게 저민다

풀잎 청춘

방죽길 풀잎에
밤샘하며 핀 이슬이
아주 곱다

하얀 밤 이겨내고
잠시 머무는 반짝임
떨구지는 말아야지
피 말리듯 스치듯 바람 저미어
옷깃에 스민다

물안개로 여민 젊음이
이슬 눈물 보듬어 구름 위로 옮기려는
개여울 탄식 소리에
새벽 취객 숨 가쁜 추임새로
온몸 젖는다

아!
꽃잎 사랑 청춘은
아름다운 이슬이 되있다

행복 이음새

둘을 하나로 잇는 행복 이음새
보잘것없던 티끌도 촘촘히
틈새의 즐거움으로
찐한 사랑 향기 가득 머금고
바라만 봐도 좋을 산마루에
설렘 불꽃 지핀다

이음새 생동감으로
뒷모습이 아름다운 흔적들
곱이곱이 소소한 그리움으로
차곡차곡 쌓아 가며
터널 끝을 잇는다

마음 나래 훨훨 날아
꼭 한 번쯤 맛보고픈
기다림의 열매 알알이
짜릿한 환상 녹인 꽃망울 틔워
한 자락 빈 이음새 가슴을
쿵당쿵당 다독이다

고엽(枯葉)

세상 모두를 사랑하고파
이른 새벽을 쉬지 않고 일궈낸 움터

멈칫멈칫
짐짓 객기도 한몫한
바람의 청춘과 어울려
푸르름 한참을 뽐내려다

늘 가까이 다가선 햇볕이
날마다 기회이고 행운인 줄 착각 속에
굽이굽이 넘어 바램 마른 잎

밤이슬로
해코지 역귀 달구질하듯
곰삭은 눈물 자국들
파릇한 씨앗 되어 움튼다

오월이 오면

여문 마른 가지에 푸릇한 이파리
봄볕에 움트던 엊그제를
짙은 아카시아 꽃내음으로
거들먹거리다 날갯짓 멈춘
빛바랜 청춘의 바보스러운 추억 들춘다

창가에 오월 향은 넘치는데
터무니없는 객기로
모두를 갈팡질팡 헝클어 버린
숨 가쁜 청춘의 푸르름
아스라이 저민 옛사랑 그림자

그날의 봄처럼 부지런히
아카시아 젊음이 채찍하고
그득한 계절 향 한껏 훔치고픈 사치는
하얀 물보라 가시 되어
오월의 꿈을 할퀸다

빨래

껍데기 속속들이 찌든 때
말끔히 씻으려
외줄 위를 나풀나풀 부대끼며
한결 가벼워질 날들
처음처럼 기다린다

짝퉁의 뻔뻔함도
제멋 겨운 떳떳함이 어우러져
손때 묻은 어제를
신바람에 산뜻하게 출발하고파
설렘으로 훨훨
너른 솟대 바람 나른다

삶의 무게가 버거워
버림받을 찰나에
겹겹이 다가와 힘이 돼주는
바람의 햇살과 어울려
더하지도 빼지도 않은 그대로
빌가빗는 히늘 그물에
꿈꾸는 삶이 걸쳐 있다

제목 : 빨래
시낭송 : 조한직
스마트폰으로 QR 코드를 스캔하면
시낭송을 감상할 수 있습니다

봄날 2

수많은 날
기다림의 설렘 가득 담아
오롯이 옮겨지는 그리움 향
그득한 날이다

슴슴한 지금
숨바꼭질 아지랑이 나래 펴
시린 가슴 아등바등 헤아리며
꽃가마 타고픈 바라기 여문 아침

새파란 하늘 화폭에
꿈틀거리는 따스함 지피며
엉킨 실타래 푸는 뿌듯한
하얀 날갯짓 머문다

4월의 봄

오롯이 봄날 곁에 머문다는
단 하나의 이유만으로
몸살 앓듯 꽃불 지피고
마냥 설레는 가쁜 웃음 터트린다

가끔은 아지랑이 쫓는
내 마음이 너무 커서
한숨짓고 미워하며 아플지라도
마르지 않는 샘물처럼 연실
아지랑이 실을 뽑아 엮는다

잠 못 드는 밤을
오롯이
미움도 사랑하고픈
설렘 한 가지 이유만으로
쉼 없이 아낌없이 나누고 꿰맨다

나 오롯이 4월을 맞아
미소가 아름다운 흔적을
남기고픈 까닭이다

하얀 꽃비

봄이라 말하고 겨우살이를 하며
청춘 마음은 언제나
목련꽃 이파리 훔치는가 보다

잔설 녹인 따스한 숨결이
개여울로 넘쳐나
기다린 봄 송이보다
훔쳐 온 이파리가 많아
아직도 어른스럽지 못한 미완의 내음이
하얀 꽃송이 몽실몽실 봄바람에 나른다

설렘 속 새하얀 꽃 이파리
잠깐 꿈에 머물러
비련의 꽃말 질척이다
빛바랜 흔적이 부끄러워
꽃비속을 숨어든다

봄맞이

홀리듯 쓰다듬는
한결 부드러워진 바람 따라
바깥 여미던 야윈 잔설 위
앙상한 가지뿐인 나무숲에
싱그러움이 움튼다

생명이 들어오는 길목
떠날 것들은 떠나야 하는 순간이 미워도
지금이 베푼 늙음의 지혜로
담금질한 씨알은
분주히 눈부신 봄맞이 채비하며
새 생명 매듭짓는다

내게 남겨진 날 중
오늘이 가장 젊은 봄날의 첫째 날
따스한 기운을 사랑하고파
한껏 끌어안는다

비 갠 날

신바람 부는 날
마냥 좋은 사랑님과
하얀 밤 애태운 그냥 그대로를
눈부시게 반기는 비 갠 아침

알알이 여문 이슬방울 할퀸
겉치레 유희 흔적들
촘촘히 짜놓은 그물망에 옮기며
시련 그까짓 거
한 손 나눔의 용기로 보듬는
설렘의 마디마디
자그마한 떨림이 은혜롭다

비 갠 이음새를 채우려는
겸손을 익혀 가며
비록 이대로가 달팽이 걸음일지라도
터널 끝자리로 바램 잇는다

집으로 가는 중

집으로 가려고
바삐 서두르지 말아요
이미 노을 한 자락 접어
서산으로 저무는데

둘이면 좋고
셋이면 감사하고
열이라면 멋진 하루
홀로라도 아파하지 말아요
집 떠날 때 이미 혼자였으니

지금을 더 욕심내지 말고
오늘을 더 애쓰지 말아요
어차피 빈손
이미 잘해 왔고
잘하고 있는 것을
무얼 더 얻으려 하나요

새로움과 부딪혀서
놓칠 때나 들일 때나
모두가 찰나의 행운인 걸
나들잇길 걸음걸음
천천히 두루두루
한껏 즐기다 가자고요

바람 주머니

세월 무상의 빛
역동하는 흐름과 타협한 듯
수묵화 그린 적막 고요 속에
산들바람 재우려나 보다

봄 내음 주머니
회색 운무 수북이 몰고 온
겨울 잠투정이 마냥 섧고 낯설어
막다른 다람쥐 발자국 따라 쳇바퀴 돌린다
땀 내음 물씬 뜀뛰기도 시킨다

꽃바람은 겨울과 한 뼘 친구 사이
하나가 되어 빛이 되어라
버선발로 뛰어라
늘 푸른 바람개비 돌려라
주머니 가득 신바람 담아
시냇물 흐르게 한다

그 겨울의 아픔

모두를 처음처럼 하얗게
늘 덮어 주고픈
용서의 빛 나눔 시절

세월 탓 핑계 삼아
어제가 그러하듯 지금을
힘겨운 날갯짓으로 활개 치며
하얀 품 멍들게 할퀸 좀비의 흔적들

겨우내 씨알 품고
가련히 스민 하얀 연정
찬 서리로 날 선 얼굴엔
따스한 봄날은
아득히 멀어져 간다

삶의 지평

바라만 봐도 좋은 사랑
따스한 품에 끌어안고
오롯이 옮겨지는 설렘은
날아오르고픈 연이 되어
나풀나풀 춤춘다

썰물로 발가벗겨진
겨우살이 모퉁이
살얼음 위로 살포시 움튼
봄기운 한껏 움켜잡고
어제를 사랑하는 오늘을 불태워
내일 향해 훨훨 난다

한 발짝 너른
삶의 지평을 밝히며
마음으로 전하는 기다림의 절규
썩은 밀알 닮은 새벽을 마주한다

하얀 겨울

하늘과 땅이 온통 하얗게
하나가 되어 거울이 된다
어른이 되어가는 색칠이다

철없이 파란 시절
꿈만으로도 배부른 그림자가 문득
한 아름의 아픔으로 성큼 다가선다

모자람도 넘침도
애꿎은 남 탓의 핑계는
지워도 벗겨도
후회의 채찍 자국으로 먹물 붓는다

하얀 겨울의 날갯짓은
아픈 자리에서만 맴돌다
봄날을 우러러
하얗게 불태운 속앓이 한다

12월

한 살을 마무리할 이별의 정거장
열한 달 사잇길 정겨움에
아픈 아쉬움으로 채워지는
반성문 작성 시간이다

달곰하게 익어가는 삶에
착각을 치유하는 과정이
차곡차곡 쌓여가는 착시의 흔적이다

그토록 다듬어진 오늘이
값지게 멋지게 즐길 수 있는
내일로 다가오기를 장궤틀에 묶어서
연꽃 가시만큼만 아파하며
솜사탕처럼 달콤한 꿈을 꾼다

시름을 떨치고
나 사랑하는 만큼 필요한
새날의 아침을
마음으로 살찌우는 문턱이다

하얀 파도 2

청춘 꿈과 마주하기를
날개 펴고 훨훨
세월 속인 가슴앓이로
하염없이 그리워하며
마냥 그대로를 들락인다

하얗게 피어난 설렘을
무모한 용기와 열정의 어제로
빛 고임 한 채로 애써 모르는 척
거친 아픔으로 오롯이 옮겨지는
빛바랜 날갯짓은
짙은 물보라에 하얀 그림자 삼킨다

잠시 머물러 하얗게 부서진 바램은
하얀 그네 타고 썰물로 벗겨 내고
밀물 되어 밀려온다

못내 아쉬운 하얀빛 날개
꿈 맞이 품은 나래 끈을
내일 몫으로 철썩철썩
갯바위 때리며 하늘을 난다

낙엽 밟으며

꽃단장하고 뽐내고픈
가을바람 잦아든 어제 아침

고운 물들이기 바쁘게
바램 떨군 아쉬운 몸부림에
슬며시 내일을 얹어
사계절 흐름을 헤아려 보는
뒷모습이 아름다운 흔적들

돌아가는 길은 외로운 여행
한 잎 한 잎 뒹구는
낯익은 이파리

소복소복 차곡차곡
얼룩진 상처 삼키며
서로를 달래주는
신음 부대끼며
가슴 시린 걸음 불러 세우고

기다림 무대 속에
설렘 묻으며
오늘을 솎아냅니다

이 가을

이 가을
황금빛 풍요로운 물결에
거스르지 않는
짙은 땀 내음 스며든
사람이 선물임을 감사합니다

이 가을
후미진 골짜기 굽이굽이
울긋불긋 경이로운 아름다움에
부끄럽지 않은지 가슴 열어 봅니다

이 가을
청명 하늘 우러러
한껏 부러움 탓으로
과욕하지 말기를 기도합니다

이 가을
다가오는 아침을 위해
무잇을 내어 줄까
겸허하게 뒤돌아봅니다

바람개비

향긋한 꽃내음 담뿍 담고 파
돌고 돌며 길고 긴 고단함을
쓰디쓴 정성으로 삭혀온 믿음

울고픈 마음
쉬고픈 자리에서도 마냥 기다리며
돌고 돈 정성이 바람결에 닿으련만
뒤돌아 앉은 계절풍은
매서운 칼바람 되어 할퀸다

편히 쉬었다나 올걸!
실컷 울어나 볼걸!
마음껏 즐기다나 올껄!
때늦은 후회가 된다

미련스럽게도 오롯이 옮겨 놓은
빛바랜 흰 바람에도 돌고 또 돈다
바람이 시린 가슴을 채운다

한가위

가을빛 곱게 물든 보름달
맑은 하늘에 두둥실
크고 둥글게
온통 노란 소망 빛깔
무지개 꿈 담는다

일 년에 하루뿐인 만남을
가슴으로 안아
비밀의 문으로 여민
믿음의 나래 편다

꿈 물결 넘치는 금빛 여울에
어제도 오늘도 간직하고픈
단 하나의 바램은
너도나도 모두가
오늘만 같기를 바란다

새벽이슬

풀밭에 이슬은
행복을 꿈꾸다 지친
목마른 풀벌레의 젖줄입니다

바램 저민 이슬방울이
진주보다 반짝임은
기나긴 밤과 싸운 몸부림입니다

새날의 새벽
행운 꿈을 지피려다
만용의 소용돌이에 휘말린
쓸쓸한 비련의 자취는

티 없이 소리 없이
꿈길을 머물다
멀리멀리 날아오르고픈 애간장을
풀잎 가장자리에 젖혀
냉가슴 사랑을 전합니다

휘파람새

구름같이 티 없이 살고 파
하늘 구름 사이 오가며
잘난 체하는 사이
계절 따라 비비고 기댈
빛바랜 희나리 꿈에 부대낀다

낙숫물처럼 개여울 소리에 취한 체
제 모습인 양 등 떠밀려 떨어지는
하얀 새

숨비소리로 맞바꿈 한
흰소리로 거들먹이다
날갯짓마저 휘파람 사잇길로
흔적 없이 살아지는 새

사잇길 추억

먹구름 하늘을 가려
가던 발걸음 멈추게 하고
빗물 타고 눈물이 흐른 자국

거친 비바람은
희망 뿌리째 삼키려 몸부림쳐도
코뚜레 낀 사이사이로
흩어진 듯 지켜 낸 숨결이
미소로 한 움큼씩 삭혀준 자취

꽃씨 방 살짝 열어
봄 잉태 소식 전해 주던
비바람 사잇길에
살짝 비 갠 추억 있어
새록새록
오늘을 살맛 나게 합니다

세월 시계

바쁘다고
건너뛰다 넘어지고
즐긴다고
쉬어 가다 멈추고

나를 알아가는 외로운 여행길
늦으면 늦는 대로
빠르면 빠른 대로
세월은 늘 그 자리에서
감사함을 가르친다

조금은 바쁘게
약간은 느리게
고쳐가는 지금을 본다

미련뿐인 오늘 시계는
항상 따뜻하게
토닥토닥
내일은 속삭인다

꿈의 자취

파릇파릇한 꿈길 발자국
자꾸자꾸 꼬리를 잇는다
마냥 오르면 하늘 선에 닿을 듯
진종일 꿈틀거린다

종이학 띄운 뭉게구름
무지개 옮겨 담은 자취에
눈물로 담아 곰삭힌
하얀 흔적 자그마한 쉼터 하나

지금까지 잘해 왔고
잘하고 있고
그리고 잘하리라
슬며시 대견한 내일을
여명 손길 위에 얹어 본다

노추(老醜)

태풍 속 요행으로
날아오르고픈 꿈은
사립문 연이 되어 나풀거린다

멈추면 보일 듯한 행복은
어느 때
어느새 끈 떨어진 채
벌거숭이 되고

하찮은 낙엽 되어
갈가리 찢기는 너른 꿈은
날면 날수록
많이 크게 아프다
울림은 사지를 찢는다

이 나이 되고 보니
용기마저 빼앗겨
모두를 지우려 한들
짙게 물든 얼룩만이 온몸을
삼키려 한다

회향(懷鄕)

미리내 건너갈 날개를 달고
높게 올라 널리 널리 훨훨
막힘없는 창공을 날고 싶다

가려는 곳도 오라는 곳도
고해의 난파 짊어진
벅찬 싸움터지만

고운 빛깔로 훌쩍
하늘 오를 수 있는
날개를 갖고 싶다

뼈 시린 자리 한풀이 하듯
하늘 문 활짝 열어젖히고
가뿐하게 훌훌 털고 날고 싶다

6월의 연인

홀로라는 긴 숨결 멈추게
아카시아 꽃향기가
가만히 물어다 준 사랑

꿀 향기로 스며든 첫걸음
사랑놀이에 마냥 좋아서
하얀 밤을 꽃향기로 가득
사랑 술 담근다

백 년이 달콤한 사랑
눈부신 푸르름을 부르며
정열의 시절을 꿈꾸는
6월의 연인

뜬금없는 한낮의 소나기로
발가벗겨진 채
활활 데워진 알몸으로
물끄러미 첫사랑을 곱씹는다

안개비

우산 없는 아침을
안개비로 흠뻑 젖는다

안개비 숲으로
발길을 꼼꼼히 묶어 두고
어제로 돌리려 한다

뿌옇게 흐릿하게
막힌 듯 열린 듯
성찰의 마구잡이로 들이민다

꼬리별 태운 섬광을 숨기며
오도 가도 못하는 숨바꼭질로
손바닥 뒤집듯 한다

꼭 집어 줘도
이리저리 갈팡질팡 망설임이
우산 없는 안개 빗속을 머물러
오늘마저 삼키려 한다

옹기의 꿈

저 산 너머의 꿈
애간장을 샛별 갈피에 새기며
부족함의 안타까움을 조용히
새벽 향기로 머금은 세월

바람 따라가고픈 곳
인고(忍苦)의 기다림은
영혼 불꽃과의 치열한 싸움으로
제 몸 태우고 휑하니 비워
새로운 시절을 품는다

소낙비 지나간 구름 뒤
마음 밭에 씨 뿌린
일곱 빛깔 무지개 담는다

오랫동안 한결같이
꿈의 빈자리로 머문다
이리저리 자리바꿈하면서....

보금자리

한땀 한땀 깨알 사랑 담긴
새벽노을 고운 물결이 넘친다

집 뜨락 들락이던 봄바람에
어머니의 할머니
그리고 아들의 아들이
꽃다운 꿈나무 키우는 곳이다

뜨거운 태양이 숨 쉬고
그림자 없는 고단함이 춤추며
하늘 닿은 정성이
변화무쌍한 날갯짓으로
석별의 아쉬움 깊이깊이
곰삭은 빛 고임 이음새

천리만리 굽이굽이
그리움으로 맞이하는 마음은
태산을 닮아 내고
촉촉이 스며드는 미련은
추억 갈피 속 모자람으로 만나
서로의 마음을 나눈다

오랫동안 한결같아
화석처럼 전해지는
따스한 보금자리다

5월의 속삭임

봄바람의 선물
꽃비 한차례 소낙비처럼 스치고
연둣빛 차례대로 이어져
짙어지는 조화로움에
눈길을 호사롭게 합니다

꽃내음 물씬 담고픈
아쉬움 뒷길에 숨겨두고
온 동네 익혀 온 사잇길 더듬어
꽃바람 멈추게 한 용기

낯선 무명초 풋내가 삐쭉
코끝을 당기는 유혹 손길 따라
실록의 내일을 맛보게 하는
눈부신 푸르름의 나들이입니다

한껏 부푼 꿈 여미려
꽃씨 방 풍선 타고 아지랑이 품에
시집간 봄 처녀 냉가슴을
머리는 차갑게 가슴은 뜨겁게
손빌은 부시련히
5월에 속삭임으로 한껏 보듬어 줍니다

내 안의 행복

가슴앓이로 담아온 꿈
파란 풍선이 하늘 향한 날
그땐 몰랐었지
그때가 좋았다는 것을

세월 흐른 후에야
그때가 행복인 것을 그리워하며
그날을 찾습니다

오늘
지금 아무것도 아닌 것 같은
일상이 행운인 것을
또 오늘 지나고 깨달으면서
매사에 속죄하는 마음입니다

더는 욕심 없이 오늘
지금이 행복임을 감사하고
오늘 같은 내일 되기를
머리 숙여 두 손 모아 봅니다

꿈이 깃든 아침

늘 꿈꾸는 아침을
별이 빛나는 꿈 하늘에
맡겨 두고 파
잠이 덜 깬 아침을 맞습니다

그립고 그리워
눈도 떠지지 않는 간절함이
꽃바람에 가득
산들바람에 듬뿍
꿈길 따라 전해지는 꽃노을 편지

하얀 밤에 흠뻑 취해
듬뿍 담아내도
목이 마른 샘터를 서성이다
덜컥 아침이 뺏을까 봐
별밤 품을 왈칵 훔쳐 내봅니다

꿈이 깃든 아침으로
잠재우기 위하여

쉼표 자리

많은 꿈 머무는 곳에서
허물 벗을 듯
가쁜 숨 몰아쉬며
움켜쥐려 죽을힘을 모은다

너무 힘들어서
그 자리에
마침표를 찍으면
모두 끝나는 줄 알았다

마침표가 다시 시작인 것을
쉼표 자리가
디딤 자리인 것을

이제 막 출발선 뛰고 난
잠깐 숨 고른 자리에
마침표를 찍으려 한다

큰 나무 그늘

하룻길에 무심한 듯
산처럼 한곳에 머물며
늘 품어 보듬어 주던
가지 많은 나무 그늘

세월 비켜선 빈자리가
가슴 시린 그리움으로 남아
죄스러운 마음에 기껏
하루를 나눈 수천의 갈래를
오붓하게 쉬어 본지가 얼마나 되려나!
곱씹어 헤아리니 여전히
멍에 쓴 아픈 그늘이다

작은 바람에도 바르르
입버릇처럼 되뇌는
겨끔내기 하소연들 보듬어 온 한 백 년
어느덧
큰 나무 그늘을 닮아 간다

* 겨끔내기 : 서로 번갈아 하기의 순우리말

꿈풀이 숙제

오롯이
내게서 너를
네게서 나를 그저 잊은 듯
조용히 한 발짝씩 멀어져 가자

꿈꾸는 그리움은 간직한 채로
하나씩 내려놓으면서
오늘을 바꾸고
세상을 열면 새날이 보인다

그래 그렇게
지우는 삶을 사랑하며
천생의 숙제를 풀어
마음에 살을 찌워 가자

자그마한 것
하나씩만이라도 먼저 실천하자

빈 배 2

소리 없는 세월만큼이나
미완의 그림자만 가득 담겨
허전함으로 채워진다

흐름의 현란함에 숨겨진
거친 호흡 뒤섞인 굵은 땀으로
한발 두발 걸음마 배우며
꿈 담아 길 잡은 미지의 뱃길
곤하게 곱씹는 흐름의 자취

만선 잡이 꿈 널브러져
초라한 몰골로 휑한 뱃속
창피한 줄 모르고
금빛 물든 노을바다에 달랜다

걸어온 길 구름 같아
들고 나던 잔 손길도 오리무중
한 시절 노닐던 뱃길
갈 곳 없는 빈 배에
흙먼지만 차곡차곡 쌓여 간다

산행

가끔 단순 걷는 것만으로
행복이고 싶을 때
오르고 내리는
바람의 길을 찾는다

꿈나무 사이
구름과 바람의 높낮이 언덕
오직 나만의 힘으로
바람 속 나와 벗 할 수 있는
고빗길을 걷는다

진정한 변화와의 입맞춤도
먹고 쉬고 또 걸어야 하는
나와의 싸움 하나만으로
삶이 약속된 대화를
걷고 또 걸으며 찾는다

아침의 소리

아침을 여는 소리 우렁차고
빛은 어둠을 삼키듯
어제를 품어 보듬어 줍니다

어제가 그리던 오늘
아! 진정한 마지막 기회
다시 한 번의 은혜입니다

어둠의 눈물 젖힌
여명의 빛줄기 훔쳐서
날마다 아침을 보자니
뻔뻔하고 죄스러움으로
슬쩍 도적질로 아침 여는 이여!

눈이 부셔 고개 숙이고 아파한 만큼
감사하라는 아침의 소리에
마음 문 활짝 열고
기쁨 얻은 용기의 선물로
뜨겁게 뜀박질하는
단 하루의 출발점으로 시작합니다

새날 아침은 오늘뿐입니다

오늘

그제가 벗겨지는 어제가 그러하듯
늘 함께하니 무심코 보낸
빈 항아리 하루로
많이도 아파했습니다

별이 가장 빛나는 밤
그리고 그리던 꽃노을 녘에
못남 탓한 부족함 그대로 옮겨지는
자화상 속 빈자리

시련의 굽이굽이 마다
아쉬운 미련
알알이 맺힌 만남과
나눔의 앙금 풀고픈 오늘을
간절히 기도합니다

새벽을 주신 복되고 기쁜 날
눈물로 감사하며
내일이 있는 은혜에 즐겁고
진정 살맛 나는 하루를
오늘로 여미려 합니다

가람의 길

스쳐 가는 길 멀고 험해도
향기 있는 값지고
멋진 빛을 그립니다

유혹의 물비늘 반짝임도
정성 다한 용기와 절제로
아픔의 상처 보듬는
뿌리 깊은 사랑 자리 향한
자연의 순리를 따릅니다

큰 개울 여울목
빛 너울 고임 쉼터
번번이 뿌리치고
천천히 뚜벅뚜벅 걸어갑니다

빛 고임 나눔터에서 찬찬히
가다가 멈춘 진자리도
그늘진 곳 마른자리 살피며
서두름이 없는 흐름의 연속

비록 빛바랜 늦은 걸음이지만
너울 가람 여정은
환희의 빛 길입니다

한 끼 사랑 자리

마냥 주고 싶은 한 끼 사랑이
하늘 숨결 나눈
은혜의 손길입니다

한 끼가 하늘이고
거른 한 끼는 저승에 가서도
못 먹는다는 가르침입니다

석별의 죄스러움은
있을 때 잘할 걸
때늦은 후회의 눈물을
입버릇처럼 곱씹고 삽니다

왜 진작
마르지 않는 한 끼
한 모금 사랑 건네지 못했을까
후회합니다

못내 아픈 자리까지
그리운 사람입니다

핑계

가슴 언저리에 가둔
수많은 그림자는
한번은 풀어야 할 숙제들

남보다 못난 탓
모가 난 까닭이겠지
못 알아보는 세월 탓이려나
손가락 하나는 너를
나머지 셋은 나를 찌른다

내 탓이기에
더 아픈 채찍이 두려워
멍에 쓴 그림자 뒤로
숨어든다

봄날

오랫동안
곱디곱게 곰삭은 그리움에
푸르른 날갯짓은
고운 빛과 향을 잉태하기 위해
산고의 고통을 앓고 있다

겨우내 키운 눈물 꽃 한 송이
멋지게 피우려는 몸부림이기에
더 값지다

오롯이 그날을 위해
봄을 그리며 짝사랑하는
하얀 장님이 되어 간다

멍든 흔적만큼
점점 더 아프게 기다린다

새벽 향기

새벽 여는 바지런함은
지난밤 꿈 나들이에
영롱한 이슬 훔치려 함이다

해돋이 등쌀에 자취를 감춰도
눈과 마음은 한결같이
꿈의 문턱에 머문다

비록 잠깐의 눈부심
이슬로 사라진들
구차한 변명은 사치일까 보다

한 뼘 꿈 향기
새벽 끝자락이
윤슬 소매 끝에 옮긴다

머무는 자리

누구도 피할 수 없는
변치 않는 하나는
죽음입니다

정해진 길
서로에게 우리는
또 하나의 세상을
준비하기 위해 보내진
귀한 존재입니다

가는 길 소중한 만남을
귀히 여긴 만큼이나
머무는 자리가 존귀한
억겁의 흔적입니다

벼랑 끝 소나무

세상살이 모자람을
여봐란듯이
벼랑 끝 틈새를 비집고
앉은뱅이로 서 있는 기상

벅찬 가슴 움켜쥔
뿌리 깊은 활력으로
비록 서 있는 자리가
아프고 안쓰럽고 고달파도

하얀 장막 뒤
투박하고 거칠어 넘지 못한
문지방 바램을
끈질기게 천천히 촘촘히
말없이 보듬는다

못내 뒤틀린 흉터까지
지키고 키우고 담아서
사계절을 휘젓는 푸르름으로
멋지고 값지게 나무란다

환탈(換奪)

황혼의 여울목
삶 자락 곱씹는 자리

주제도 모르는 망나니
허풍뿐인 떠버리
붙어먹는 기생충
한풀이 하듯 할퀴며
시린 가슴 멍들게 한다

굳이 외면하고 싶은
날 선 얼굴이 그린
막무가내 누더기 흔적들
못내 손가락 하나는
나를 향한다

억장 무너지는
긴 한숨과의 소박한 약속
여명의 삶은
조금은 이픔 덜어 내 줄
미소를 머금는 얼굴
한 번쯤은 그리고 싶다

어느 봄날

봄날 기다림과 설렘이
기지개를 켜는 새싹들
이제야 풀 먹임 하는데

햇살 눈 부신 아침마다
땅바닥 풀잎 마디에
밤이슬은 나래 접어
희나리 띄운다

시집간 봄 처녀 디딤 자리에
차갑게 파란 이끼는
멍든 가슴 부름 따라 진작에
풀냄새 미끼로 멀리
봄날을 숨긴다

우한 재채기에 놀란
풀잎들 비명이
물거품 봄날 된 듯 아우성친다

갈피 속 얼굴

봄날 지나가는 흔적에
좋아하는 사람은 줄어들고
그리운 사람만 늘어난다

한풀이 허물벗기일까?
꽃봉오리 시련에
그리움 묶어 둔
기다림이려나

피눈물 용서일지라도
살아만 있어도 감사하고픈
갈피 속 얼굴이
바짝 다가선다

신혼

꿈 사랑 넘치는
둥지만으로도 신나고
행복하다

한껏
멋지게 즐기고픈 행운이
둘만의 것으로
가슴을 요동치고
들뜨게 한다

온통 무지갯빛으로
물 들어가는 하늘과
넓은 초원도
둥지의 낙원으로 옮겨진다
둘을 하나로 만든다

사랑 꽃

물비늘 반짝임 만큼만
그대 가슴에서 숨 쉬고
사랑 꽃피우고 싶다오

짙은 그늘에 가려져
나 그대가 되고
그대 나일 수 없어
어찌할 수 없는 아픈 자리가
짐이라 여겨질 때

물비늘 사랑 따옴표만큼
다시 한번만
붙들고 달래고 보듬어 주오

그만큼의 사랑으로도
행복하고 싶은 오늘이
사랑 꽃피우는 기쁨이라오

세월의 날개

나!
가려 합니다
가슴 풍선이 찾아가는
물비늘 반짝이는 꿈의 자리로

때론 날벼락에 지레 겁먹고
주저앉아 울어 본 적 있지만

나!
가야만 합니다
세월의 날개가 춤추는 곳으로

세월 날갯짓
응어리진 희나리
활활 불태운 세월이
하얀 마음 되어 훨훨
하늘 날고픈 바람
멈추는 그날까지

겨울 사랑

뜨거운 설렘
무지갯빛 곱게 담아
하얀 깃털로 채우고

차곡차곡 담기는
꿈 색깔 따라
순백 화선지에
오색 물감으로 휘젓고
한 땀씩 미리내를 건너봅니다

내일을 약속한 꿈
눈사람으로 다가와
눈밭에 뒹굴며 커져 갑니다

새하얀 세상에
꿈 그린 밑그림 있기에
겨울을 사랑합니다

사랑의 숨결

조용한 빈 공간
하얀 물거품 뒤척임을
그대로 멈추려 하오
그대가 생각나서

나른한 정겨움에
그 무엇이 발길을 잡으니
오랫동안 함께 뒹굴며
뼛속까지 곰삭은.
그대를 생각하오

낯가림 심한 들꽃 내음
엉겅퀴 막힘 탓인지
담장 장미 가시넝쿨 올린
그대 꽃불이 생각나오

지그재그 곡예 마루
옛길에 숨겨진 숨결이
찻잔에 스민
그대를 생각하오

가슴 깊이 그려진 꽃밭에
온전한 설렘과 함께하는
바람 잦은 날
그대 있어 편안한
내일이 생각나오

세상살이

나 지금
꿈을 향해 오른다

보일 듯 말 듯
알 듯 모를 듯
물 안갯속 세상 낚기
나를 찾기 위해 한껏 부풀어 있다

오늘도
똑바로 서기 위한 설렘으로
정성껏 은혜의 땅을 딛고 선다

하늘과 땅
속이는 만큼
품팔이 나들잇길
세월을 속인다

봄 향기

개여울 열림
봄 처녀 디딤 자취에
새싹들 마중물 내음 짙고

깊이 구릉진 골짜기에도
기다림으로 곰삭힌
눈속임 빛 길 모으니

어느새 샛길로
못내 따라나서며
살며시 만 리 꿈 향
널리널리 펼치려 하네요

하룻길 끝자락에서

나를 사랑한다
아니 사랑하려고 한다
미워지는 나를
홀로인 나를
내치기 위해서도

시간이 가둔 하루 중
아침 햇살을 좋아한다
하얀 밤 어둠을 가르고 울고 웃는 기회
땀방울을 얻기 위함이다

하룻길 끝자락
오롯이 노을빛에 가려져
길게 누운 나를
한 겹씩 벗겨 내도
부끄럽지 않을
한 가닥을 담는다

다시금

늘 한곳에 머물며
파릇한 꿈의 설렘도
세월 속인 달콤함도
속속들이 녹여 낸 내 삶 자락의 보석

홀로 걷는 삶일지 속에서
무엇을 해도 안 되는 막막함을
다시금의
매서운 채찍질로 나를 깨운다

점점이 작아지는 오늘을
살아 숨 쉬는 한 번뿐인 지금 시간을
다시금
삶의 길잡이로 잡는다

멈칫멈칫 갈팡질팡
주저앉는 곳에서도
다시금 힘을 내 본다

다시금 따스한 가슴으로
숨통 틔는 사랑의 저울추는
꾸준히 삶의 빛을 닦아 낸다

들꽃

세상 보잘것없는
작은 영혼의 염원으로
무수히 피어나
오묘한 바램의 진실을
훌훌 털어놓는다

버림받은 서러운 몸부림은
하얀 밤 찬 이슬 머금은 체
아침 햇살에 기웃기웃
꽃 이불 앞자리를 수 놓는다

자연 모습 그대로
욕심 없이 머무른 흔적들
하늘 섶에 옮긴 빛 향기
사계절에 품어
가장 먼저 낮은 곳으로
스치듯 다가선다
세월의 전령으로

짧은 만남

그대 안에 머무는 인연은
물방울 깨치는 순간의 기회

사랑만으로도 벅찬 억겁의 찰나를
왜 미워하고 시기하는
쓸데없는 당김줄에 애를 썼는지

아!
그 순간적 사랑이 생의 전부였을 인연
꼭 품는 만남만으로
모두를 기꺼이 감사하고픈 삶이다

나! 지금에서야
바람 앞에서 모닥불 피운다

나래 터 꿈 자취

아침이면 다가서는
우연인 듯 만남이
필연적 나눔의 시작
삶의 첫발입니다

재능을 함께하면 친구
이웃과 나누면 사촌
사랑을 나누면 무촌
내일을 살피면 일 촌
인정에 엮이면 깡촌

꿈 담은 간발의 만남이
행복으로의 한 백 년
하루살이 희망 삭힌
날갯짓의 거친 숨결들

나래 터 소용돌이 속
오롯이 남겨진 흔적들이
낙원을 꿈꾸던 내 발자취입니다

반나절 꿈 밭

빛 있는 고단함은
행운입니다
사랑 있는 나눔은
행복입니다

행운과 행복의 만남이
환희의 빛으로
반나절
꿈 밭을 머물게 합니다

긴 밤과 낮
진종일을 기다리다
좋은 꿈에 잠들고 싶은
희망의 사랑 흔적입니다

천둥소리

홀로 이기에 많이 아프고
힘없어 서툴고 투박할지라도
한마음 수 없는 입을 걸러
하얀 밤길 별빛 좇던
한길 맘속 염원의 소리 담는다

밤 파도 거친 물살에
고독한 적막을 벗 삼아
삭풍 광야 밤비도 장대비도
마다하지도 비켜 가지도
절대 꺾이지도 않으리라는 다짐의 연속
뼈 시린 울림이 하늘에 닿았음이라

피눈물로 한 땀씩 짜기운 기도 소리
가슴에서 피멍울로 꽃필 때
민초의 소망 눈빛 모음들
성난 하늘 외침
무서운 대가를 요구하는 신문고가
기꺼이 잡초의 삶을 지켜 주리라
기원해 본다

꽃 진자리

늙어 홀로라는 외로움
그래서 두려움은
너무나 당연하기에
멋진 척 웃고 싶습니다

오롯이 샛길 한점의 흔적이
삶의 전부인 양
보이는 거울이 싫어서라도
억지로 꿈이 빈자리에
별자리 띄우는 용기로
의젓한 척 허세도 하렵니다

꽃이 피었다가
진자리일지라도
씨받이 지팡이로
홀로 있음을 값지게 하렵니다

오늘이면 좋겠네

까막눈 뜨면 무엇하랴!
눈이 있어도 보이지 않는
내일을 원망할 텐데

닫힌 귀 뜨이면 무엇하랴!
듣고도 남 탓인 양
제 허물 덮는 팔불출인데

닫힌 입 열리면 무엇하랴!
벙어리 냉가슴만 못 한
가는 세월 불평뿐인데

회색 숲 아우성
뻥 뚫어 줄 거북 혜안 열리는 날
오늘이면 좋겠네

사람 냄새

허허
누가 뭐래도
사람처럼 사는 거다

끝까지 가 봐도
한 번뿐인 오늘
이만큼도
행운인 양 사는 거다

부족해도 넘쳐나도
미워서도 좋아서도
내 탓으로
뚜벅뚜벅 사는 거다

천만 송이 꽃 필 무렵
불청객은 안 되게
그렇게
둥글게 사는 거다

삶의 늪

삶은 흔적 따라
익혀 가는 것이 아니라
비록 건더기는 없어도
데워지는 따끈한 국물처럼
희망 손길 잡고
따뜻하게 익어가는 과정입니다

기다리는 보자기 씌우는
사랑의 마술사로
요리조리로 정성껏
담금질하는 조련사로
이래저래 청춘 세월
훔치는 주술사로
나름으로 열심히
삶의 늪을 헤쳐 나갑니다

오롯이 처음처럼 빈손일지라도
눈물로 데워지는 따스한 가슴은
반포조의 피눈물을 곱게
되새김도 합니다

세월의 흔적

어느 것도 어느새
내 것인 것이 없었다

얼떨결에 흘려보내
매사 서툴기만 한
꼭두각시로 남겨진 흔적들

홀연히 가버린 세월의
숨 막히는 뒷모습이
그림자마저 지우려 하니
막무가내로 붙들어 세운다

나이기를 거부하던
은빛 숨결은
서서히 스며드는 홀로임을
스스로 익혀 간다

담금의 사랑

홀로라는 익숙함이 키우고
가난이라는 채찍으로
아파한 날들만큼이나
티 하나 없는 파란 하늘이
더 높아 보임은 담금의 선물입니다

하늘과 땅 사이 구름 떠돌이
바람 따라 한곳에 멈추지 않음은
빗줄기 머금어 생명 자리 이어 줄
사랑의 시련 오랜 기다림입니다

보일 듯 숨어버린 날갯짓
그리다가 멈춘 꿈 나래
여명의 아픈 담금질도
미워할 수 없음은

비울 수 있었던 익숙함과
채울 수 있다는 바램의 채찍이
살아 숨 쉬는 숨 가쁜 사랑의
이음표인 까닭입니다

빈 둥지

봄날 기다림에 지친
잔설 눈꽃이 뿌옇게
얼룩진 속내처럼
꼬리 바람 서늘한 빈 둥지

마주 잡은 행복 손 놓치고
둥거지 자국 들춰내며
마음 져버린 숨바꼭질로
개여울이 운다

봄볕에 눈이 부신 날
품 떠난 피붙이 보고 싶음에
곱씹어도 휑한 가슴은
눈먼 사랑 가둔 무덤이 된다

작은 거울

내 안에 숨겨 온 뜨거운 꿈이
길을 잃었다
스스로가 미워져 더 아프다

곪아 터진 상처가
이리 깊을 줄을 몰랐다
세월 허송으로 보낸 자리

비로소 마음 빈 뒤에야
보이는 작은 거울이
깊은 샘 맑은 보석처럼
크게 반짝인다

아파한 만큼 소중한
조각난 마음을 쓸어 모은다

빗방울 소리

삶의 물음에 응답하라는 듯
바지런히 맴도는 속삭임

가려는 소망 길에
촉촉이 젖어 드는 잔잔한 응원이
움켜쥔 두 손에 발걸음 챙긴다

용기 있는 그대는
시간 공백을 채워 주고
게으른 이는
핑계를 부르는 까닭을
하나둘 담아낸 빗방울 소리가
흙먼지 가득 찬 메마른 가슴에
사색할 여유와 미지의 소망 꽃
울림 소식 전해 준다

딱 제때 기다린 만큼
똑, 딱, 똑
밥 내음 부르며
주르륵, 주르륵
기회의 시간임을 속삭인다

그래서 봄날

가쁜 숨바꼭질
조금은 아쉬운 듯
눈꽃 사랑이
꼬리만 살짝 남긴다

봄 처녀 디딤 자리에
살짝궁 살얼음은
금방이라도
곰살맞은 옷깃 젖힌다

건강하게 멋지게 값지게
웃음꽃으로 가득한 봄날을 위해
삭풍 된서리 기승을
가슴 시리도록
품어 견디려나 보다

점멸등

마음의 창
하느님도 천국도 지옥도
내 안에서 반짝이는
신호등

하룻길 열고 본 끝자리
이슬 자국으로 머무른 과정이
온통 갈지자로 보인다

오롯이
가야 할 이정표
지금까지 본 부표 모두가
깜박이는 점멸등이었다

미련

많은 꿈을 짧은 날에 묻어 놓고
아쉬운 미련을 담는다

내일이
오늘보다 조금 더 많은
아쉬움이 있을 수 있다

막연하고 우매한 기다림
꿈의 미련이
시련의 날갯짓으로 허덕이는
매듭 없는 추임새

오롯이
깊은 수렁 속에서도
꽃내음 맡는다

꿈길 따라

꿈길 따라 흐르는 가람의 빛은
늘 한 곳을 향하여 전부를
이쁘게 가슴으로 담아냅니다

오롯이
점점 넓고 깊은 빛깔로
오직 한 번뿐인 오늘이
가장 값지고 멋진
빛 고임 자리임을 알고나 있는 듯

자고 나면 모두 다 처음처럼
끊임없는 흐름으로
아픔과 슬픔 곰삭혀
같은 듯 다른 듯 꿈을 줍니다

넓은 바다 품으로

가람의 빛

맑은 보석처럼
꿈 깊고 밝아 이쁘다

젊음 있는 내일을 그려
아주 이쁘다

힘들어 지치고
아플 때 슬플 때
때 자국 없어 더 이쁘다

기쁨과 사랑이
조금 더 있음을 감사하며
나눌 수 있는 배려가
고맙게 이쁘다

오색 빛 곱게 물들인 빛 고임에
고개 숙일 줄 아는 겸손을
못내 가슴으로 낳은 용기와 여유
소리 없는 울림이 눈물겹게 이쁘다

젊음이여

젊음이여
지금 그대가 만든 것은
아무것도 없다

허물지 말라
꺾으려 마라
지난 젊음의 피눈물이다

머무는 자리를 더욱더
젊어지게 잘 짊어질
넓은 어깨의 힘이
그대임을 기억하자

내일을 오늘 위로 얹어
한겨울에도 꽃피울 용기로
문을 열고 얻어야
젊음이 준 소중한 기회를
갖게 된다

하얀 미소

하얀 눈
천상의 꿈 머금고
다소곳이 나래 접어
뒤꿈치 살짝 하늘땅에선 밟는다

온천지 하얀 천으로 가린
하늘 한번 밟자
날갯짓 한껏
따스한 바람이 옷소매 젖힌다

꿈 향한 고운 땀방울에
하얀 눈망울 남실남실
꿈 그린
하얀 미소 담는다

부초

어느덧
내 키보다 짧아진 그림자는
만겁의 바램을 짊어지고

밤이 오는 발자국 소리
점점 커지는 홀로인 세월이
여울목에 머문다

엇갈림과 헷갈림의 쳇바퀴 속
가느다란 안식의 바램은
떠돌이 부초의 끝없는 기다림이다

고해의 뼈 시린 벼랑 끝
한 아름의 아픔으로 불러 모은 디딤돌은
자기만의 몽니로 옹고집을 짓고
깊은 어둠의 숨결을 떠도는
또 하나의 부초로 변해 간다

멍에

거짓이 익어가는 아픔은
마음 끝자리
저주의 그림자로

봄날의 아름다운 선물은
사랑한 마음자리
희망의 빛으로

오롯이 남겨진 두 자리
한 겹씩 벗겨지는 허물은
고래 심줄 마냥
질기고 질긴 달음질로

그냥 그대로 말없이
가슴 빈자리 깊은 곳에서
숨바꼭질합니다

하얀 눈 나들이

함박눈 펑펑
봄날 그리는 새벽
하얀 눈송이 꿈 마중 길 따라
낮은 길이 멈추는 곳까지

바람에 흩어져서
더는 아프지 말고 그대로
그날 모습이 다치지 않게
조용히 소복하게
철길 갈피 속에 가두고

학령산 개울물
디딤돌 젖힐 때
그 자리에 웃음꽃 지피며
봄나들이 여미어 본다

허울 새

다 큰 새 한 마리 뒤죽박죽
창살 안에 그려진다
언제부터였을까 곱씹어 보니
처음부터 늘 거기에 있었다

좁은 줄도 모르는 듯
자기와의 굴레에 부딪히며
작은 소리에도 놀라 한껏 날개짓한다

넓고 높은 곳으로 날아가고 싶어
가야 할 방향도 모르는 채
숨 가쁘게 파닥파닥
날갯짓에 온 힘을 모은다

한 구석 모자람에 길들어진
허울 새 한 마리가
도무지 지워지지 않는다
이리 기웃 저리 기웃
목청껏 울부짖는 새가 안타깝다

이슬로 머문 자리

어두운 밤길을
하얗게 불태운 꿈으로 맺힌
생글생글한 새벽이슬은
디딤 자리 꽃잎일세라

희망 익어가는 아침 기지개에
바람 소리 굳게 여미고

영롱한 빛 한껏 펼쳐
탱글탱글한
설렘으로 머무는 반짝임은
젊음이 꿈꾸던
기다림의 흔적입니다

파스텔 일기

보고 싶음을 달래 주었던
반가운 얼굴들
갈피에 새겨져 일곱 빛깔로 덧칠하고
그런대로 어울려
바다를 닮아 내는 과정을
나만의 색깔로 보듬는다

사랑 불꽃 미움의 상처도
고비 길마다 쌓은 흔적 애환도
곱게 머무는 너른 자연 품에
발그스레 발가벗긴다

점으로 찍어 놓은
못다 함이 부풀려져
바람의 결 따라 그려낸 어제를
민낯으로 훔친 색깔 그대로
화폭에 묻는다

이 사람아

아쉬운 사람아
그래 그렇게
어차피 비워질 자리를 돌보려고
용서하는 사랑 곱씹으며
살아 주었구려

고해의 거친 풍랑 담금질한
삶이 버거워
나눔의 사랑으로
비움을 갈구하였는가 보오

보고픈 사람아
그렇게 가쁜 듯 벅찬 설렘 속
기다림 애태워
한걸음 용기와 어우러져
잘 살아 주었구려

이제야
목련꽃 북향을 참배하듯
어제 같은 오늘을
지금 같은 내일을
처음처럼 벗으려는가 보오
훌훌

가을여행

갈팡질팡하다
거친 비바람 맞고 아파하며
노고지리 휘모리로 젊음을 불태운
불볕 속 뜨거운 땀 내음의 숱한 하소연으로
하얀 밤 별들의 속삭임 찾고픈
부질없는 가을 여행

비 갠 무지개 꿈
오색 단풍잎에 물들어가는 노을
그리움만 이어지는 행복 앓이 숨바꼭질로
목마른 가을빛 투정은
실낱같은 희망 넋두리일지라도

바람꽃 저민 외길 정거장에서
들고 나는 나들이객 오랜 숙제 풀 듯
오롯이 한 줄로 불러 모아 낙엽 떨군
휑한 빈자리 채우려고
가을 희나리 쏘시개 삼아
익어가는 추억거리 모닥불 지핍니다

오늘을 사는 봄

하룻길을 처음 살아보니
기다림도 설렘도 서툴러서
몰랐다 미안하다는 말을
가슴으로 스미는 아침 햇살에
바람꽃 피우듯 아끼렵니다

차가운 바람에도
커다란 눈사람으로 부풀린 흔적들이
쑥스럽고 부끄러워
붉어진 마음을
설렘 속 기다림으로 채워가며
아슬아슬 봄을 녹여 갑니다

부끄럽지 않은
속살이 하얀 내일을 위해서

낙엽비

회색 숲 가로수 그늘에 가려진
낙엽 될까 근심되어
저만큼 멀리서 쉼하고 푼
가을빛 짙은 이파리

한때의 푸르름은
비바람 시련도 그리운 마음인 것을
실바람에라도 전하련만
옹기종기 함께 모여
스산한 가을비에 바짝 움츠리다

오늘이려나 내일이려나
자연으로 회귀하는 긴 입맞춤 위해
기다림의 기약도 설렘도
숨비소리로 달래는 고단한 자리가
홀로임이 버거운 듯
낙엽 빗속에 휩쓸리고
어느새 흩어지는 늦가을의 흔적들

쓸쓸함도 당연하듯

민낯으로 소복이 쌓인 가을빛 여운이

바삭바삭 속닥속닥 속살 비비며

홀로 가는 귀향 나들이 달래려고

뒷모습이 아름다운 고엽 되리

다짐하느라고 바쁘다

덫

뭐가 그리 바쁜지
머리 들어 하늘 한번 제대로
바라보지 못하고
밟고 선 자리와 바쁘게 실랑이한다

비바람 피하려고
움켜쥔 장화 한 켤레
우비 한 벌이 덫이 되어 헐떡이는 흰소리로
얼마나 많은 가슴을 할퀴고
벼랑길이 숨 가쁘게 하였는지를
아직도 편하게 들춰낸 적 없다

알몸의 순간
눈물비로 마주하며 보듬어 주던
거울 속 진실의 그림자 밟고 서면
덫에 걸린 디딤 자리는
가냘픈 뿌리마저 송두리째 뽑혀
피눈물 부름자리로 변한다

상처로 말하는 할퀸 가슴을 보이고
찢기는 고비 고비마다
아스라이 다가서는 우여곡절 사연들
스스로 낡은 덫에 걸린 고인 물이
가여운 몰골로 다가선다

되돌림 청춘

언제까지라도 함께할 것 같아
하찮은 듯 여기던 나들이 청춘 불러 세워
어느새 지르밟은 가느다란 빛줄기 따라
지난날 못다 한 꿈들 채우려고
이슬 맺는 땀방울로 몸부림쳐 본다

바람의 곁으로
날아오르고픈 깃 빠진 날갯짓 하며
두 발짝 반걸음씩이라도 다가가고파
새벽노을에 접어둔
찢긴 기다림과 설렘으로 재봉질한
되돌림 청춘

듣고 보고도 못다 함 그대로를
숨고 숨어서 설렘 향기로 살포시 다가가
지금을 함께 하고픈 만남과
잠결에 부른 빛바랜 설렘을
이야기꽃으로 오붓하게 담고 싶다

망령 난 늦깎이 해몽일까?

바람 소리

기다리고 기다리던
설렘의 꽃을 피워
하늘만큼 사랑하렵니다

기다림은 설렘으로 가득 찬
바람꽃 피우려
천 번을 울먹이는 아픔도 마다치 않았고
끊어질 듯 이어지는 숨바꼭질로
천천히 다가왔다가 멀어지기를 여러 차례
속고 속이며 실랑이 한날
속고 속아낸 기다림은
이제 설렘으로 다가옵니다

천만번의 고비를 접고 접어
바람 꽃피는 언덕을 마주하니
나만의 기다릴 꽃이 아닌
모두가 반기는 꽃길이고픈 바람 소리는
못내 기다리고 또 기다리는
잠 못 드는 설렘의 끄나풀이 됩니다

아침을 여는 새

하얀 밤을 요동치는 천둥소리
긴 날을 숨 쉬는 바람 소리
바람꽃 피우려 춤추는 이음새와
붉은 노을 새벽이 실랑이한다

헤매다 멈추다 가다가 쉬다가
가시덤불 벼랑 만난 고비마다
오가도 못해 주저앉고픈
밤샘 외줄 타기가 눈물겨워
충혈된 여명의 눈동자 여민다

아침을 보고픈 몸부림 흔적들
흥건하게 젖은 이부자리
꼭 품는 사랑 지피고
빛바랜 기다림도 설렘으로 옮겨
아침 창을 두드리는 이음새가
살아 있음을 속삭인다

사노라니

사노라니
거친 비바람에
솟대 바람은 허울뿐이고
실개천 따라 바다로 향한 옹알이는
헛바람 든 넋두리일까보다

사노라니
뜨겁게 사랑할 여백이 없다는 핑계로
여명 손길 거두고
갯바람에 숨 가쁜 철부지 청춘이
앞장선 걸음마다 남 탓만 하는
벼랑길 흔적뿐

사노라니
한 발짝 더 가까이
한걸음 빠르게
허당인 회색 늪을 헐떡였던 흰소리로
노을 진 하루가 바쁘다

내일을 보듬는 약속

비바람에 아파한 들
자기 자리를 지킬 줄 알고
홀로라는 서러움에 배려를 배워
비우면 비로소 보이는 여유는
스스로를 다독이며 감사함을 익히고

아침을 기다림은 긴 밤이 가둔
새벽을 보자 함이고
발걸음 멈춘 짝사랑이
큰 걸음 할 기회를 얻는
별밤이 꿈꾸는 아침과의
자연스러운 만남을 위해

긴 밤을 홀로 남겨진 채
오늘을 고뇌하고 그린 꿈을
정성껏 마중하며
처음과의 다짐들 보듬어서
또 다른 아침을 펼칩니다

바램의 뜨락에서

굽이굽이 함께하자던 바램
한 여름밤에 훌훌
삼복 한숨 떨구려는 듯
홀연히 별이 되어 버린 님

싸늘한 한기로 다가서는 후회의 눈물은
땅거미 지듯 떨군 한 방울 눈물 자국에
등골 서늘하게 깊게 팬 주름살로
까맣게 드리운 비련의 장막을 친 님

엄니 뜨락에 앉아
차분히 듣고픈 간절한 바람 소리
못내 담고 갈 수밖에 없었던
아픈 기억들일랑
두루두루 접고 또 접어
미련도 원망도 뜨락에 묻고 가세요

열리지 않는 사랑문일지라도
님과 함께 머물 수 있도록

나들목

하루가 그러하듯
후회 없는 만남을 기약하는
삭막한 광야 한복판
고장 난 시간과의 싸움으로
끊임없는 들락임의 고생쯤이야
마다하지 않으리라는 디딤 자리

파도처럼 벅찬 희망이
썰물 되는 안타까움과 함께한
설렘도 들락이며
시절 인연 주고받기에도 벅차
매 순간을 스치는 나들이에
바람꽃 떨군 자리

행복의 나래

사랑 깃으로 바람을 지피고
바램, 날개엔 용기를 모아
두 눈이 향하는 곳으로
하나가 되고 싶습니다

바람꽃 언덕을 오르려는 거친 땀 내음도
향기 나는 갈피로 간직하고
아옹다옹 몸싸움하다 지치고 힘들어도
평온한 제자리 찾은 해안선처럼
너와 내가 다름이
행운의 시작임을 디딤돌 삼아

어제가 내일의 거울인 듯
봄날에 고이 접어둔 좋은 날
마음 향한 마중 몸이 멈춰서기로
정성껏 날갯짓하렵니다
훨훨

가을빛 투정

만삭의 사랑 열매들
도란도란 몸겨누워서
가을사랑 담뿍 머금고
짙어지는 가을빛 설렘 만끽하자
어미 손끝에 조금 더 머물고파
가을비 재촉하며 투정 부리다

사계절을 내내 잘도 버티던
휘파람 소리도 뜨거운 땀 내음 하소연도
가을빛 목마른 마음을 보듬는 손길에
발가벗은 채 많이도 지쳤음일까
가을 늪에 찢긴 소나기마저
여물어 가는 가을빛에 스며들어
무지개 띄운다

바람꽃 피는 언덕

곽기용 시집

2023년 10월 11일 초판 1쇄
2023년 10월 13일 발행
지 은 이 : 곽기용
펴 낸 이 : 김락호
디자인 편집 : 이은희
기 획 : 시사랑음악사랑
연 락 처 : 1899-1341
홈페이지 주소 : www.poemmusic.net
E-Mail : poemarts@hanmail.net

정가 : 12,000원
ISBN : 979-11-6284-482-3